TABLEAUX

ANCIENS ET MODERNES

TAPISSERIES

VENTE HOTEL DROUOT, SALLE N° 8

Le Samedi 11 Décembre 1886

A TROIS HEURES

EXPOSITION PUBLIQUE LE VENDREDI 10 DÉCEMBRE 1886

DE UNE HEURE ET DEMIE A CINQ HEURES ET DEMIE

<table>
<tr><td>M° ESCRIBE
COMMISSAIRE-PRISEUR
6, rue de Hanovre</td><td>MM. HARO Frères
PEINTRES-EXPERTS
11, rue Visconti et 20, rue Bonaparte</td></tr>
</table>

1886

CATALOGUE

DES

TABLEAUX

ANCIENS ET MODERNES

TAPISSERIES

T LA VENTE AURA LIEU

HOTEL DROUOT, SALLE N° 8

Le Samedi 11 Décembre 1886

A TROIS HEURES

EXPOSITION PUBLIQUE LE VENDREDI 10 DÉCEMBRE 1886

DE UNE HEURE ET DEMIE A CINQ HEURES ET DEMIE

M° ESCRIBE		**MM. HARO Frères**
COMMISSAIRE-PRISEUR		PEINTRES-EXPERTS
6, rue de Hanovre		14, rue Visconti et 20, rue Bonaparte

1886

025012

CONDITIONS DE LA VENTE

Elle sera faite au comptant.

Les acquéreurs payeront *cinq pour cent* en plus du prix d'adjudication.

TABLEAUX

DÉSIGNATION

BELLINI (Giovanni)

NÉ A VENISE EN 1426 — MORT EN 1516.

(Attribué à)

1 — La Vierge sur un trône.

(Galerie d'un ancien Directeur du Musée de Cologne.)

« Tout le monde sait que ce maître illustre du Giorgione et du Titien révéla aux Vénitiens le secret de la peinture à l'huile qu'il avait dérobé à Antonello de Messine. Depuis les tableaux à la détrempe de sa première manière jusqu'au tableau à l'huile de saint Zacharie, exécuté en 1505, quel immense progrès !

« Celui-ci, peint cinq ans plus tard, comme l'indique un très petit cartouche où est inscrit son nom : Joannes Bellinus, 1510, nous montre la Vierge assise sur un trône, tenant l'Enfant Jésus sur ses genoux. De chaque côté, saint Pierre et saint Paul lui présentent trois personnages à genoux : un sénateur, un doge de Venise et un membre du Conseil des Dix.

« Cette scène, aussi simple qu'il est possible de l'imaginer, a par cela même une grandeur que les maîtres de l'art seuls savent donner à leurs œuvres, surtout Bellini. L'exécution en est des plus parfaites.

« La draperie de la Vierge est merveilleuse ; du reste, toutes les parties de ce tableau sont admirablement traitées. »

(Extrait du Catalogue de *quarante-sept tableaux*, publié par M. Raymond Balze.)

B. — H., 0,94. L., 1,50.

CIMA DA CONEGLIANO

NÉ EN 1460 — MORT EN 1517.

?

2 -- Madone entre saint Jean-Baptiste et saint Jérôme.

(Galerie d'un ancien Directeur du Musée de Cologne.)

« Ce peintre, si amoureux de son clocher, qu'il ne l'oubliait jamais dans ses tableaux, nous montre dans celui-ci la Vierge mère, d'une grâce et d'une beauté parfaites.

« Elle tient l'Enfant-Jésus, qui se penche vers saint Jean-Baptiste, tandis qu'elle dirige son regard du côté de saint Jérôme en adoration.

« Cette belle et sympathique peinture, d'un

style élevé, est d'une couleur harmonieuse. La forme en est châtiée, l'exécution simple et naïve. M. Alfred Michiels la désigne comme une des œuvres les plus remarquables de cet excellent maître. »

(Extrait du Catalogue de *quarante-sept tableaux*, publié par M. Raymond Balze.)

B. — H., 0,70. L., 1,15.

DONO PAOLO *dit* UCCELLO

NÉ A FLORENCE EN 1380 — MORT EN 1472.

?

3 — Portrait.

(Ancienne collection.)

« Quel est ce portrait de profil? Le nom de Luca da Canale se trouve écrit en grandes lettres en haut du tableau; quel est ce Luca da Canale? A en juger par la couleur rouge du chaperon, ce doit être un peintre et il doit faire partie d'une suite d'artistes du quatorzième siècle. — Le musée du Louvre en possède un spécimen très remarquable, cinq têtes réunies dans un même tableau: Giotto. Donatello, Brunelleschi, Manetti et Uccello lui-même. »

(Extrait du Catalogue de *quarante-sept tableaux*, publié par M. Raymond Balze.)

H., 0,34. L., 0,44.

DESPORTES

4 — La Basse-Cour.

Dans une basse-cour de château, différents
oiseaux : des poules, pigeons, etc., sont mis
en émoi par les cris d'un superbe perroquet,
qui est venu se placer sur un piédestal de
pierre. Fond de paysage.

Toile. — H., 1,32. L., 1,10.

DUVIEUX

5 — Vue prise à Constantinople.

Effet de soleil couchant.
Signé à droite.

Toile. — H., 0,40. L., 0,61.

GELÉE (Claude
dit LE LORRAIN)
(Attribué à)

6 — Paysage avec effet de soleil levant.

Nous reproduisons ci-dessous la description minutieuse qui a été faite de ce tableau lorsqu'il faisait partie de la collection Érard :

« A l'avant-scène, ombragée d'un côté par de grands arbres, est un large chemin où passe un berger chassant devant lui son troupeau. Un peu plus loin, du même côté, sont situées une tour et plusieurs maisons, derrière lesquelles on voit une colline, dont la pente douce s'abaisse et se termine vers le milieu du point de vue. Dans la partie opposée, coule un fleuve, que traverse un grand pont de pierre. Au delà est un coteau, couvert de bois. Dans le lointain, des montagnes s'élèvent devant l'horizon.

« Ce qu'on ne se lasse point d'admirer dans ce tableau, ce sont ces teintes si vraies, si vaporeuses, si fuyantes, cette dégradation parfaite, cette harmonie si ravissante, qui ont obtenu à Claude Lorrain la première place parmi les peintres de paysages de toutes les nations.

« Fort de ses études, doué d'une grande mémoire, ayant appris la nature par cœur, ce peintre n'a pas craint d'en reproduire sur la toile les effets les plus difficiles à rendre. Il nous fait voir le soleil s'élevant au-dessus de l'horizon, et répandant à grands flots son éblouissante clarté, tantôt sur une mer qu'agite légèrement la brise du matin, tantôt sur de vastes et magnifiques campagnes. Peint-il le soleil au moment de son coucher, ce sont d'autres couleurs; le ciel et la terre sont comme revêtus de pourpre et d'or, tant soit peu mélangés d'azur. Les paysages de cet artiste ont encore un caractère distinctif; ils représentent presque toujours les plus beaux sites du monde, avantage qu'il dut aux contrées où il avait fixé son séjour, et qui lui offraient des modèles parmi lesquels il ne lui restait qu'à choisir. »

Toile. — H., 0,80. L., 1,05.

GELIBERT

7 — Le Lièvre forcé.

Sur une route traversant une clairière, un lièvre haletant, poursuivi par une meute, est sur le point d'être forcé.

Paysage : Effet d'automne.

Signé à gauche et daté.

T. — H., 0,90. L., 1,30.

GESNE (DE)

8 — Pointer et Setter en arrêt.

Signé à droite.

T. — H., 0,32. L., 0,40.

HUYSUM (Jean Van)

NÉ A AMSTERDAM EN 1682 — MORT DANS LA MÊME VILLE
EN 1749

9 — Fleurs dans une corbeille.

Des roses de différentes couleurs, une fleur
de pavot, des pieds-d'alouette, etc., dans une
corbeille en osier, posée sur une table de
pierre.

Des papillons, des mouches, des chenilles,
des limaçons, se promènent ou voltigent sur
ces fleurs.

(*Ancien catalogue.*)

B. — H., 0,13. L., 0,33.

LAMBERT (Eugène)

10 — Un Garde-manger.

Un chat s'est introduit dans un garde
manger où sont exposés des volailles, des
légumes, etc., etc.
Signé à droite.

Toile. — H., 0,81. L., 0,63.

LAMBERT (Eugène)

11 — Nature morte.

Tableau très fin d'exécution.
Signé en haut à gauche.

B. — H., 0,25. L., 0,19.

LENAIN (Attribué à)

12 — Portrait d'homme.

T. — H., 0,55. L., 0,16.

MARNE (De)

13 — Le Moulin. Paysage avec figures et animaux.

A figuré à la Société des Amis des Arts (1822).

Signé à la pointe à droite.

Toile. — H., 0,21. L., 0,33.

MAAS (Nicolas)
(Attribué à)

14 — La Ménagère hollandaise.

Assise dans une cuisine, elle épluche un citron ; près d'elle, son rouet, et, sur une table, divers accessoires : chaudron, légumes, etc.
Nous pensons que cette peinture, cataloguée antérieurement sous le nom de N. Maas, doit être plutôt attribuée à F. Bol.

B. — H., 0,72. L., 0,55.

NATTIER (l'aîné)

15 — L'Hiver. Allégorie.

Signé à gauche et daté.

Toile. — H., 0,42. L., 0,52.

RAOUX

16 — Le Nid.

Toile. — H., 0,42. L., 0,34

SCHALCKEN (G.)

17 — Portrait de femme.

Signé à gauche et daté 1688.

Toile. — H., 0,44. L., 0,34.

ÉCOLE FRANÇAISE

18 — Paysage avec figures et animaux.

Toile. — H., 0,50. L., 0,60.

19 — Sous ce numéro les tableaux non catalogués.

MINIATURES, DESSINS

—

JAQUOTOT (Mme VICTOIRE)

20 — La Belle Ferronnière (d'après Léonard de Vinci).

Porcelaine.
Signé à droite et daté 1878.

H., 0,19. L., 0,13 1/2.

LERICHE

21 — Vase de Fleurs.

Signé à gauche.
Forme ronde.
Fixé.

22 — Sainte en prière.

Miniature sur parchemin.

23 — Poule et Poussins.

24 — Chiens.

Deux dessins au crayon noir sur papier teinté.

25 — Portrait de femme vue de profil.

Forme ronde.
Miniature.

26 — Paysage avec ruines.

Forme ronde.
Fixé.

TAPISSERIES

DÉSIGNATION

27 — Jupiter et Callisto.

Callisto, nymphe chasseresse, compagne de Diane, fut aimée de Jupiter, qui la rendit mère d'Arcas. Elle fut changée en ourse par Junon et tuée par Diane.

Jupiter, sous les traits de Diane, couronne Callisto de fleurs.

A droite, deux nymphes; plus loin, une femme occupée à cueillir des fleurs.

A gauche, au second plan, trois petites figures; dans le fond, un vaste panorama, ciel nuageux, avec arc-en-ciel.

Cette charmante composition, empruntée à l'École française de la belle époque de Louis XIV, a été séparée en plusieurs parties qu'il est facile de réunir.

Elle mesure comme largeur totale $3^m,72$.

28 — Départ d'Adonis pour la chasse.

Adonis, fils de Myrrha, fut élevé par les Dryades, et devint d'une beauté si merveilleuse que Vénus, éprise de lui, quittait l'Olympe pour le suivre à la chasse dans les forêts.

Composition faisant suite au numéro précédent.

29 — L'Enlèvement d'Europe.

Europe, fille d'Agénor, roi de Phénicie et sœur de Cadmus, fut aimée de Jupiter, qui l'enleva sous la forme d'un taureau, et l'emmena dans la partie du monde qui depuis porta son nom.

Europe, entourée de ses compagnes, vient de se placer sur le taureau couronné de fleurs, agenouillé auprès du rivage.

L'Amour, tenant une torche d'une main et un masque de l'autre, voltige devant eux et semble leur indiquer le chemin.

A droite, deux femmes occupées à cueillir des fleurs et des fruits.

Au fond, on aperçoit un palais dans un riant paysage, bordé à l'horizon par de hautes montagnes.

H., 2,85. L. 4,25.

30 — L'Amour et Psyché.

Pysché, assise sur un trône surmonté de carquois et d'un cœur enflammé, est devant une table chargée de mets. Un zéphyr à genoux lui verse à boire; des servantes apportent des fruits.

A ses côtés, se tiennent deux autres zéphyrs, qui semblent chanter, accompagnés par une femme, que l'on voit à gauche.

Psyché écoute ces chants d'un air distrait et semble attendre l'arrivée de l'Amour, que l'on voit apparaître dans un nuage et qui vient la contempler avec tendresse.

H., 2,95. L., 4,00.

7943. — BOURLOTON. — Imprimeries réunies, A, rue Mignon, 2, Paris.

RED. :

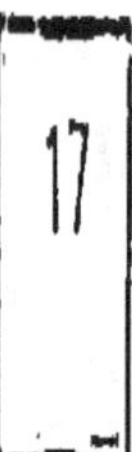

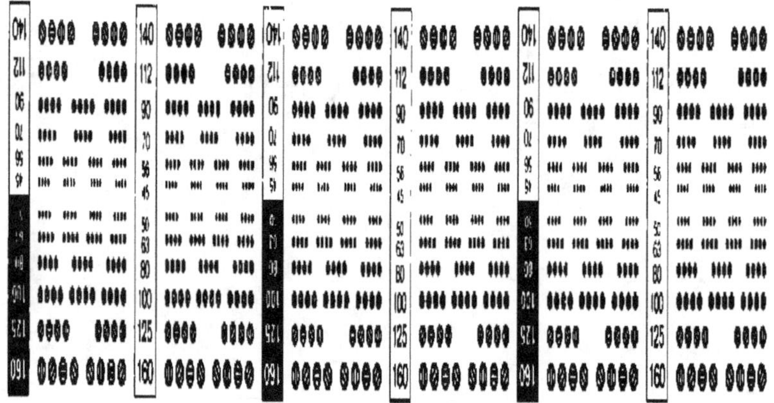

MIRE ISO N° 1
NF Z 43-007
AFNOR
Cedex 7 - 92080 PARIS-LA-DÉFENSE

379.89.70
graphicom

BIBLIOTHEQUE

NATIONALE

DE FRANCE

****

CHATEAU

DE

SABLE

1996